COLLECTION

DE

DANTAN Jeune

IMPRIMERIE MAULDE ET RENOU

—

A. MAULDE & Cie

IMPRIMEURS DE LA COMPAGNIE DES COMMISSAIRES-PRISEURS

Rue de Rivoli, 144

VENTE

AUX ENCHÈRES PUBLIQUES

PAR SUITE DE DÉCÈS

DES

TABLEAUX

Aquarelles et Dessins

OBJETS D'ART ET DE CURIOSITÉ

GARNISSANT L'ATELIER

De DANTAN Jeune

Sculpteur

HOTEL DROUOT, SALLE N° 5

Les Vendredi 24 et Samedi 25 Mai 1889

A DEUX HEURES

Mᵉ NOTTIN	M. A. SLAÈS
COMMIssᵉ-PRISEUR	EXPERT
Rue Saint-Georges, n° 6	*Rue Saint-Georges, n° 6*

ÇHEZ LESQUELS SE DISTRIBUE LE PRÉSENT CATALOGUE

EXPOSITION PUBLIQUE

Le Jeudi 23 Mai 1889, de 2 heures à 5 heures 1/2

PARIS — 1889

CONDITIONS DE LA VENTE

———

Elle sera faite au comptant.

Les Acquéreurs paieront CINQ POUR CENT en sus des enchères, applicables aux frais de vente.

DÉSIGNATION

TABLEAUX MODERNES

1 — **Bard**. La Lecture.

2 — **Beauplan** (De). Paysage.

3 — **Boisricheux** (De). Moines.

4 — **Bouchet**. Berger (Étude).

5 — **Bouquet**. Le repas de Pierrot.

6 — **Brascassat**. Brebis.

7 — **Brascassat**. Chatte emportant son petit.

8 — **Brascassat**. Paysage montagneux.

9 — **Cals**. La Lecture du soir.

10 — **Cauveland** (R.). Château au bord d'une rivière.

11-22 — **Cicéri**. Douze Tableaux et Études (Sera divisé).

23 — **Couturier**. Basse-cour.

24 — **Couturier**. Basse-cour.

25 — **Decamps ?**. Aniers au Caire.

26 — **Diaz** (N.). Marine.

27 — **Dupré** (Jules) 1832. Les Marionnettes.

28 — **Dupré** (Jules) 1851. Cour de Ferme.

29 — **Flers**. Paysage.

30-31 — **Fleury** (L). Paysages (Études).

32 — **Fleury** (L.). Port de mer (Étude).

33 — **Fleury** (Robert). Enfants et Chèvre (Étude).

34 — **Hintz**. Marine.

35 — **Holstein**. Paysage.

36 — **Isabey** (E.). Port à marée basse, avec dédicace.

37 — **Isabey** (E) **?**. Paysage.

38 — **Jolivet**. Baigneuses.

39 — **La Faye.** Fête champêtre.

40 — **Lépaulle.** Portrait d'Homme (Étude).

41 — **Lépaulle.** Jeune Fille (Étude).

42 — **Lépaulle.** Turc fumant.

43 — **Mallebranche.** Paysage, effet de neige.

44 — **De Marne.** Paysage animé de figures et d'animaux.

45 — **Le Poitevin.** Vue de Hollande.

46 — **Prud'hon.** Tête de femme (Étude).

47 — **Prud'hon.** Christ en croix (Étude).

48 — **Ricquier.** Pêcheurs napolitains.

49 — **Ricquier.** Atelier d'artiste.

50 — **Ricquier.** Le pendant.

51 — **Rousseau** (Philippe). Flamand.

52 — **Rousseau** (Philippe). Lapins.

53 — **Saal**. Paysage, soleil couchant.

54 — **Saal**. Paysage, clair de lune.

55 — **Sebron**. Intérieur d'église.

56 — **Sebron**. Vue d'Italie.

57 — **Sebron**. Intérieur d'église.

58 — **Ulrich**. Nature morte : Lièvre, Faisan et Perdrix.

59 — **Watelet** (1832). Paysage, effet de neige.

60 — **École française**. Portrait de Mlle Jolly, de la Comédie-Française, d'après David.

AQUARELLES, DESSINS ET PASTELS

61 — **Bellangé** (H.). Fantassin (Aquarelle).

62 — **Bellangé** (H.) 1847. Le Drapeau (Aquarelle).

63 — **Berat** (1833). Harengs (Aquarelle).

64 — **Boisset** (1772). Portrait de Mlle Favart (Pastel).

65 — **Rosa Bonheur** (1850). Brebis et Agneaux au repos (Mine de plomb).

66 — **Rosa Bonheur**. Intérieur d'étable (Sépia).

67 — **Brascassat** (1839). Caniche (Mine de plomb).

68 — **Burbank**. Tête de chat (Étude). Aquarelle, cadre en bois sculpté.

69 — **Cicéri** (1839). Vue de ville (Aquarelle).

70 — **Cham**. Sujet humoristique (Aquarelle).

71 — **Cottin** (A.). Charge de cavalerie (Plume et sépia).

72 — **Isabey** (E.) 1852. Rochers au bord de l'eau (Aquarelle).

73 — **Isabey** (E.) 1839. Vue d'un port (Aquarelle).

74 — **Jolivet**. Descente de Croix (Aquarelle).

75 — **Linder**. Quatre Dessins (Études aux trois crayons).

76-77 — **Maurisset** (1835). Cortège satyrique, 2 pièces (Aquarelles).

78 — **Morel-Fatio** (1836). Marine (Dessin à la plume).

79 — **Puyo**. Soldat de Sambre-et-Meuse (Dessin à la plume).

80 — **Roqueplan** (C.). Marine (Aquarelle).

81 — **Schuler** (Th.) 1863. Maire de Campagne, Alsace (Aquarelle).

82 — **Wyld** (W.). Vue du port de Gênes (Aquarelle).

TABLEAUX ANCIENS

83 — **Champaigne** (Ph. de). Portrait d'un ecclésiastique.

84 — **Van Dael** et **Chazal**. Fleurs et fruits.

85 — **École française**. Portrait de Femme.

86 — **École française**. Portrait de Femme.

87 — **Lawrence**. Chasseur.

88 — **Ledoux** (Attribué à Mlle). Portrait de Femme.

89 — **Mignard** (École de). Portrait de Femme.

90 — **Netscher** (G.). Portrait de Femme.

91 — **Proccacini**. Triton et l'Amour.

92 — **Rigaud** (Attribué à). Portrait d'Homme.

93 — **Rigaud** (Attribué à). Portrait d'Homme (Cadre en bois sculpté).

94 — **Rubens** (D'après). Les trois Grâces (Cadre en bois sculpté).

95 — **Peeters** (Attribué à B.). Marine.

96 — **Titien** (D'après). Vénus.

97 — **Boel** (P.). Nature morte.

MARBRES

98 — Le Sommeil de l'enfant, par Dantan (1860).

99 — Bustes et Charges, par Dantan. Marbres et Plâtres. (Sera divisé.)

100 — Bas-Relief : Portrait en buste d'un personnage du temps de Louis XIV (Cadre en bois sculpté).

101 — **Ivoire.** — Deux Médaillons : Portraits d'Homme et de Femme de l'époque de Louis XIV.

OBJETS DIVERS

102 — Collection d'Armes orientales damasquinées d'or et d'argent : casques, brassards, boucliers, sabres, yatagans, lances, flèches, etc. (Sera divisé.)

103 — Armes européennes : boucliers, épées, pulverins, hache d'armes, pistolets, couteaux de chasse, etc. (Sera divisé.)

104 — Lustre Louis XV à six lumières, orné de cristaux.

105 — Lion et Lionne empaillés.

106 — Collection de Coléoptères.

107 — Collection d'objets égyptiens. (Sera divisé.)

108 — Collection des Camées du Vatican.

109 — Objets non catalogués : Tableaux, Études, Dessins, Aquarelles, Gravures, etc., etc.

A. Maulde et Cie, imprimeurs de la Compagnie des Commissaires-Priseurs, rue de Rivoli, 144   300—96620

www.ingramcontent.com/pod-product-compliance
Lightning Source LLC
LaVergne TN
LVHW010906180726
843502LV00010B/3993